KB236329

딸

어르신 이야기책 _210 중간글

딸

초판 1쇄 발행일 2020년 4월 20일

지은이 유선진
그린이 남인희

펴낸이 이원중
펴낸곳 지성사 출판등록일 1993년 12월 9일 등록번호 제10-916호
주소 (03458) 서울시 은평구 진흥로 68 정안빌딩 2층(북측)
전화 (02) 335-5494 팩스 (02) 335-5496
홈페이지 www.jisungsa.co.kr 이메일 jisungsa@hanmail.net

ⓒ 유선진·남인희, 2020

ISBN 978-89-7889-440-1 (03810)

이 도서의 국립중앙도서관 출판예정도서목록(CIP)은 서지정보유통지원시스템 홈페이지
(http://seoji.nl.go.kr)와 국가자료공동목록시스템(http://www.nl.go.kr/kolisnet)에서
이용하실 수 있습니다. (CIP제어번호: CIP2020014252)

어르신 이야기책 _210 중간글

딸

유선진 글 · 남인희 그림

지성사

내게도 딸이 있었으면

며칠 전 대학 동창 몇 명이서 모임을 가졌다.

금년이 대학 졸업 50주년 되는 해이다.

우리 모교는 매년 5월 30일에 개교 기념식을 개최하는데,

그날을 전후로 미국 거주 동창들이 귀국을 하면

동기생들끼리 졸업 50주년 자축 행사를 갖자고

의논을 하는 자리였다.

반갑게 만나서 의논을 하고 헤어져 나오는데,

한 무리의 중년 여인들을 만났다.

멀리서 보니 연령을 가늠할 수는 없지만

봄이 확 앞으로 다가오는 듯했다.

연분홍, 노랑, 연두의 옷차림들이 봄꽃을

미리 피어내는 것같이 화사했다.

눈이 부셔 바라보는데 "어마, 아무개 아냐?"

내 이름을 부르는 것이다.

깜짝 놀라서 고개를 드니 고등학교 친구들이었다.

하기야 강남에서도 유명한 백화점 앞이니,

지나가노라면 보통 한두 사람은 만나지는 거리이다.

"얼마나 멋진지 젊은 사람들인 줄 알았다.

정말 곱구나. 중년으로 봤으니 한턱해라."

내가 농담으로 말을 하니

"좋아, 그러면 따라와" 한 친구가 말을 했다.

우리는 백화점 5층의 단팥죽으로 유명한 곳을 찾아갔다.

언제나 손님들로 만원을 이루는 곳이다.

그날도 많은 사람들이 단팥죽을 먹고 있어서

대기 번호를 받고 기다렸다.

그곳에도 봄은 와 있었다. 기분이 좋았다.

신문이고, 텔레비전이고, 전하는 소식은 전 세계적인
금융 위기라는 우울한 이야기뿐인데
봄빛을 닮은 옅은 색 옷차림을 한 여인들의 환한 얼굴은
움츠러든 마음에 생기를 넣어주는 듯했다.

십여 분을 기다리니 자리를 차지할 수 있었다.

“당신들을 보니 봄의 전령사를 만난 것 같구나!”

나는 내 칙칙한 차림이 무안하여
친구들을 보며 감탄을 하였다.

"넌 아들만 있어서 그래."

단팥죽을 사주기로 한 친구가 말했다.

철이 바뀌면 딸의 성화에 계절보다 조금 이른 차림을

해야 된다는 둥, 머리 모양이나 화장까지

간섭을 하여 귀찮다는 둥, 딸 가진 친구들이

너도나도 흐뭇한 표정으로 불평을 하는 것이다.

그 모습은 마치 딸 때문에 못살겠다는 비명 같았지만

행복으로 가득 찬 음성이었다.

그 말을 들으면서 사방을 둘러보니 좌석의 반 이상이

모녀인 듯이 소곤소곤 재미있게 이야기를 나누고 있고,

엄마는 딸에게, 딸은 엄마에게 한 수저씩 더 퍼주고 있었다.

나는 혼자 저만큼 떨어져 있는 고도(孤島) 같은

외로움을 느꼈다. 봄이기 때문이었을까?

그날따라 검정 투피스를 입은 내가 이방인 같았다.

순간, 정체를 알 수 없는 고독 한 자락이

휙 나를 낚아채고 달아났다. 먼저 자리를 떠나

집으로 돌아온 오늘, 유난히 딸 생각이 간절하구나.

내게도 딸이 있으면 얼마나 좋을까.

서른여섯의 결정

내가 넷째 아이를 가진 것은 서른다섯 살도 다 지나가는

늦은 나이였다. 이미 아들이 셋 있었다.

1970년 당시는 가족계획 운동으로

'둘만 낳아 잘 기르자'라는 홍보가 전국적으로

퍼져 나갈 때였고, 성공적으로 정착이 되어

임신중절 수술에 크게 가책을 느끼지 않았던 때였다.

한 번의 자연유산과 한 번의 인공유산의 경험을 가진

임산부인 나는 배 속의 아이를 낳을 것인가 말 것인가

갈등하지 않을 수 없었다.

어른들께 의논을 하였다.

　"딸일지도 모르잖니? 낳아라. 서른여섯 살에 낳게
되겠구나? 낳아라. 서른여섯에 낳는 자식은 효자니라.
내가 너를 서른여섯에 낳았거든……."

　딸이 없는 것이 못내 안타까웠던 친정어머니께서는
당치도 않은 이유를 대시며 네 번째 아이 낳기를 권하셨다.

　"내녀에 태어나면 돼지띠로구나. 아무 말 말고 낳아라.
아범이 양띠이고 큰아들이 토끼띠이니
해(亥), 묘(卯), 미(未) 삼합이 된다. 내가 그렇게 돼지띠
자식을 원했는데, 손자 대에서 뜻을 이루려나 보다."

시어머니께서는 태어날 돼지띠 손자의 양육비, 교육비를

책임지신다고 하며 "딸을 낳을지도 모르잖니? 낳아라"

친정어머니와 같은 말씀을 하셨다.

1985년 기독교 신자가 되시기 이전에 어머님께서는

신수점 보기를 즐기셨고, 궁합을 아주 중히 여기셨다.

시아버님이 토끼띠이고 당신께서 양띠이니 천생연분,

여기에 돼지띠 자손만 있으면 금상첨화겠는데

7남매를 두셨어도 돼지띠가 없었다.

나는 쥐띠이다. 양띠 아들과 쥐띠 며느리는 자미 상충,

원진살이 끼어 있는 나쁜 궁합이라고 한다.

궁합을 보지도 믿지도 않는 친정 부모님께는 문제가 되지
않았는데, 억지 춘향으로 쥐띠 며느리를 보신 이 어른은
큰아들네를 생각할 때면 매양 불안해하셨다.

그런데 돼지 한 마리가 턱 찾아온다니
이제야 모든 근심이 사라지는 듯 좋아하셨다.

"낳거라. 해, 묘, 미 삼합. 삼대 적선을 해도 받기 어려운
복이다.", "딸이다. 이번엔 딸이야. 낳아라."

이런 두 어머님의 권유 때문만이 아니라
배 속의 생명을 지워버릴 수 없어 '혹시 딸일지도 몰라?'
기대를 하며 나는 아기를 낳기로 하였다.

네 번째 임신

예로부터 측간과 사돈은 멀리 있을수록 좋은 것이라
하는데, 나의 친정어머니와 시어머님은 당신들의
자매나 친구보다도 더 가까이 지내셨다.

친정어머니께서 여섯 살 위이신데, 이 어르신들은
자식들의 혼례식을 끝낸 며칠 후 두 분의 친구들을
모아서 친목계를 만드시고는 어머니가 병환으로
바깥출입을 못 하시게 될 때까지 한 달도 거르지 않고
35년간 매월 18일에 종로의 한일관에서 만나셨다.

달라도 너무나 다른 두 분이다.

내 어머니는 학교 문전이라고는 가본 적도 없는

시골 태생이시고, 어머님은 전문학교 출신의 신여성이셨다.

어머니는 조선조 유교문화가 만들어놓은

전형적인 여인으로, 솜씨와 맵시와 말씨가 조신하고

기품이 있으셨고, 시어머님께서는 사회 전반에

해박하시고 활달한 여장부셨다.

자식을 나눠 가졌다는 인연 말고, 서로 다른 상이점을

서로가 좋아하셨던 것 같다.

　이 두 분이 나누는 대화 중에 내 호칭은 ‘충신동 애’였다.

내가 새살림을 차리고 23년간 산 곳이 종로구 충신동이다.

　“오늘 모임에 충신동 애를 대동하고 나갑니다.

반갑게 만나세요.” 이런 식으로 시어머님은 말씀하시고,

어머니는 “충신동 애가 사내 녀석 셋에 휘둘려

어질 혼이 다 나가 있더이다.”

대체로 이렇게 나를 충신동 애라고 부르셨다.

　이 충신동 애가 넷째 아이를 낳게 되었으니, 시댁인

동숭동과 아현동 친정 사이에 전화는 더 빈번해졌고

“낳아라”를 입에 다신 두 어머니는 염려가 태산이었다.

"흰 대접에 냉수를 담은 후 젖을 짜서 떨어뜨려 보거라.
녹두알처럼 똑 떨어지면 아들이고 물에 풀어지면 딸이다",

"배꼽이 단단하면 딸이고 물렁거리면 아들이다",

"방바닥에 모로 누워서 아이가 눕는 곳으로 기울면
아들이다."

이런저런 조짐을 설명하며 초반에는 성별도 바뀔 수
있다는 터무니없는 억지를 붙이며 아이를 딸로 만들자고,
그것이 천부당만부당한 일인 줄 너무도 잘 아시면서
두 어른은 신바람이 나셨다.

“뭐니 뭐니 해도 에미에겐 딸이 있어얍지요. 마님 닮은
걸출한 딸 하나 낳아야지요” 어머니가 말씀하시면
“마님 닮아 얌전한 딸을 얻어야지 무슨 말씀입니까?”
시모님도 겸양의 말씀을 하셨다.

“계동에 사는 친구 집에 함께 가보실래요?”

시어머님은 친정어머니를 꾀셨다. 시어머님이 말씀하시는
계동에는 오랜 지기 한 분이 살고 있었다.

계동 골목으로 죽 들어가 중앙중학교가 보이는
오른편에 우물이 하나 있고, 그 우물을 끼고 걸어가면
막다른 한옥 대문이 보이는데, 이 집이 그분 댁이다.

주역에 능하고, 명필에다가 호쾌하고, 아는 것도 많고,
재담이 뛰어나서 어머님은 즐겨 놀러 다니셨다.

　나와 남편의 혼인 말이 있을 때 "신미생 아들에
병자생 며느님을 보신다고요?" 서슬 퍼렇게 놀라며
말리던 이도 이분이었다고 한다.

그래서 어머님이 꺼려하셨지만 인연이 닿아
나는 원진살이 낀 며느리가 되었고, 어머님을 따라서
새해 인사를 가면 유심히 나를 바라보며
"아들 또 낳았어?" 농담을 하시곤 했다.

팔자 도망은 못 한다는 것이 자기의 철학이지만

그러나 당면한 현실에 적응하는 자세에 따라

흉(凶)도 길(吉)로 바꿀 수 있다고 부언하며

"그러자니 남모르는 고충이 얼마나 심할꼬?"

측은한 눈길로 나를 보았다.

"전혀 그렇지 않아요, 아주머니. 저 인내심 별로

없거든요." 내가 말하면 "옳거니, 묘(卯)생 아들이 태어나

아비를 묶고, 신(辛)생 아들이 태어나 에미를 묶고,

이제 해(亥)생 아들이 태어나 꽝꽝 묶어대니

마님, 자미 상충 원진살이 아무리 세도

아드님 부부 앞에서는 맥을 못 추네요."

“아들이라뇨? 또 아들인가요?” 어머님이 놀라시자

“무슨 걱정이세요? 애기 엄마가 사주에 천문(天文),

천간(天干)이 들어 있어서 여우보다 영특해요.

혼인 때 죽자 하고 반대 안 한 것은

색싯감의 이 사주를 보고 꽤 잘해 나갈 것을 알았어요.

보세요, 잘살잖아요?”

　　이렇게 나의 네 번째 임신은 두 어머님들을

심심하지 않게 해드리며 산달을 향해 가고 있었다.

딸 타령

나는 자라면서 '내가 딸이어서 좋구나'라고 생각해본
적이 단연코 없다.

아들에 비해 부당한 대우를 받은 적은 없지만,
딸의 한계를 절감하면서 컸던 것이 내가 살았던 사회환경,
아니 우리 집의 가정환경이었다.

우리 집은 엄부자모(嚴父慈母)가 아니라
자부엄모(慈父嚴母)였다. 특히 다섯 딸들에 대해
어머니는 서릿발처럼 지엄했다.

둘째 딸과 셋째 딸을 연거푸 잃고 나서 기(氣)가 쇠한

어머니는 넷째인 나와 동생에겐 훨씬 느슨한

훈도를 하셨지만, 우리 자매들은 출가하기 전에

이미 친정에서 '된 시집'을 살았다.

　한 가지 예를 들면 큰언니는 초등학교 교사였는데,

겨울이면 일 해주는 아주머니보다도 먼저 일어나 부엌의

큰 가마솥 아궁이에 조개탄을 활활 불을 살려놓고

설설 물을 끓여놓아야 했다.

그러고 나면 어머니도 아주머니도 부엌에 들어섰다.

출근 준비하기에도 바쁜 큰딸에게……．

딸은 태어나면서부터 떠나는 존재로 키워졌다.

어머니에게 딸은 시한부 자식이었다.

어떤 가문의, 어떤 가풍의 시댁을 만날지 모르는데

"오냐, 오냐" 기르면, 종당에는 저 서럽고

부모 욕보인다는 것이 딸에 대한 어머니의

불변의 철학이었다.

　나의 정직한 기억으로는 어머니로부터 단 한 번의

칭찬을 들은 적이 없다. 아무리 성적을 잘 받아 와도,

상을 타 와도 늘 차갑고 냉정하셨다.

그러나 그 어렵던 일제하의 식량난 때나

6.25전쟁 때 아들들의 밥에는 잡곡을 섞어도

딸들에게는 고운 밥을 먹이셨다.

어머니의 깊은 마음을 깨달은 것은 출가 후였다.

　결혼을 하고 내 살림을 차리고 나니, 자유 천지요

해방된 몸이었다.

　어머니에 비하면 시어머님은 부드럽고 넉넉하시었다.

나는 시어머님이 편했고, 그래서 따랐고,

작은 일에도 그분은 칭찬을 아끼지 않으셨다.

또 한 번 정직한 기억을 더듬는다면, 나는 단 한 번도

어머니와 친정을 그리워해본 적이 없다.

　그런 존재인 딸.

속으로만 가슴앓이하면서 정을 감추어야 했던 딸.

동생이 신혼여행 떠나던 날, 그 옛날 두 딸을 잃고

통곡했던 어머니의 울음을 나는 들었다.

그런데 지금 넷째 아이를 가진 딸에게 어머니는

"낳아라, 딸일지도 모르잖니? 에미에겐 딸이

젤이다"라고 말씀하고 계신다.

아가야, 미안해

1971년 8월 16일 아침, 출산 예정일을 일주일 앞두고
산기가 보였다. 진통이 시작된 후에 입원을 해도 되겠으나,
짐을 싸들고 병원으로 향했다.

세 번의 출산 경험이 있는지라 별 두려움이 없어서
동네의 개인 병원을 예약해둔 터였다.

남편은 출장 중이었고, 연락을 받은 두 어머니는
"너무 서두르는 것 같구나. 미리 병원에 가면 마음이
조급해질 텐데……?" 한결 같은 말씀으로 "서둘지 마라"
하셨지만 나는 혼자서 수속을 하고 입원했다.

태어날 아이를 기다리며 조용히 그 아이를 맞이할
준비를 하고 싶었던 것이다.

그동안 아홉 살, 일곱 살, 네 살의 사내아이 셋에
휘둘려 내 배 속에 또 하나의 아이가 자라고 있다는
사실을 잊을 때가 많았다.

몸이 무거워지고 태동이 느껴지면 그제야 '아, 아이가
있었지' 생각이 미쳤고, 부른 배를 보는 사람마다
"딸을 낳으려고 또 가졌군요?"라든가 "딸이면 좋겠네요"
할 때마다 나 자신도 "그러게 말예요……" 대답하였기에
막상 아이가 나오려고 하자 태어날 아이가 아들이면
얼마나 못할 짓을 했었나 미안해지기 시작했던 것이다.

태교도 한번 제대로 못 했구나, 아가야. 이미 남자로
자라고 있을지도 모르는 너에게 모두들 "딸이기를……"
노래하며 너를 서운하게 했을지도 모르겠구나, 아가야.

셋 가지고도 힘들어 절절매는데, 하나가 더 늘어?
하면서 때때로 네가 생긴 것을 부담스러워했는지도
모르겠구나, 아가야. 이를 어쩌니?
미안해, 정말 미안해.

집에서 10분 거리의 병원인지라 병실 예약만 해놓고
산통이 시작될 때, 그때 병원에 가도 되련만 나는
아이가 세상에 나올 때까지 그 아이를 맞이할 나만의
의식(?)을 치르고 싶어서 짐을 챙겨 나섰던 것이다.

정수

말복이 지난 더위는 막바지 기세를 부려서

세상이 끓는 가마솥 같은데, 산모용 입원실은

밖으로 낸 작은 유리창을 빼고는

밀실처럼 막혀 있어서 한증막이 따로 없었다.

짐을 풀면서 솜씨 좋은 어머니가 새로 만드신 분홍빛

아기 옷에 눈이 가자, 나는 쓴웃음을 짓고 말았다.

다시 세상에 태어난다면 꼭 남자로 태어나고 싶다,

그래서 학교도 다녀보고, 돈도 벌어보고, 큰소리도

치면서 살고 싶다,를 입에 달고 사셨던 어머니.

딸 다섯을 낳을 때마다 섭섭하고 섭섭하여

몽땅 도둑을 맞았다 해도 그렇게 허망하지는 않았으리를

노상 읊어대셨던 어머니.

그런 어머니가 당신 딸이 낳을 넷째 아이는 "딸이기를……"

바라는 당신의 절박한 염원을 헤아릴 수 있기 때문이었다.

 스물한 살에 출가해 온 당신의 며느님.

곱고 얌전하기로 인동(隣洞)에 소문이 자자해서

삼고초려 청혼하여 자부로 맞아들이셨던 그 외며느리.

딸들마저도 어려워하는 그런 지엄한 분이셨으니
어리고, 곱고, 얌전한 새 며느리는 첫날부터
시어머니만 뵈면 몸이 얼고, 입이 얼었다.

10년, 20년, 30년을 함께 살아도 "진지 잡수세요",
"전화 받으세요"라는 말밖에 고부간에 오가는 말이
없어서 어머니는 가슴을 치셨다.

　아버지가 돌아가시고도 13년을 더 사셨는데,
아버지 돌아가신 날부터 어머니가 하루도 거르지 않고
기도하시는 것이 "저를 어서어서 데려가십시오.
지루하고 지루해서 살기 힘이 듭니다"였다.

어느 날 내가 "어머니, 어머니는 정말 세상 살기가 싫우?" 정색을 하고 물으니 "말똥으로 굴러도 이승이 좋다는데 난들 왜 살기 싫겠니? 그런데 네 새 형이 하도 말을 하지 않으니까, 기가 콱 질려서 살 힘을 잃는 거다" 하시며 "늬들 세 자매 없으면 어쩔 뻔했나 싶구나. 낳을 때 섭섭하더니만 딸 때문에 산다. 그중에 네 재미로 산다. 어쩐다냐? 너는 딸이 없어서……"라고 대답하셨다.

　　바로 그것이었다. 내가 낳을 이번 아이가 딸이기를 이 어른이 그렇게 소망하시는 이유는…….

며느리 사이에서 외롭게 늙어갈 딸을 생각하는 노모의 모정이었던 것이다.

딸. 모두들 딸이 더 좋다는 이유가 여자로 태어나는

딸 자신보다 엄마에게 친구가 될 수 있기 때문에,

살갑고 따뜻하고 정겨워서, 자식을 낳고 기른 재미를

누릴 수 있기에, 늘그막에 외롭지 않기에

딸이 더 좋은 것이라면, 나는 곧 태어날 나의 아이가

굳이 딸일 필요는 없다는 생각을 했다.

"아가야, 미안해."

나는 산도(産道)를 뚫고 나올 아이를 적극적으로

도와주리라 다짐하며 비빔밥이며 냉면을 시켜놓고

전쟁에 나가는 용사처럼 투지를 불살랐다.

살살 배가 아파오기 시작했다.

물냉면

오전 10시에 병원에 들어와서 네 시간이 지날 때까지
진통이 시작되지 않았다.

시어머님께서는 "밤중에나 낳겠구나" 하시며
돌아가셨고, 어머니는 삼복 뙤약볕 그것도 한낮인
오후 2시에 돼지 삼겹살을 삶아 가지고 오셨다.

"미끄러지듯 아기가 쑥 빠져나오라는 것이니
먹어두어라" 딸의 입에 넣어주셨다.

어머니의 한 손에는 노랑 참외 두 개가 들려 있었다.

작은오빠를 낳을 때 아기가 비집고 나오려는데,

우물에 채워둔 참외를 마저 먹지 못한 것이 어찌나

서운하던지, 그 생각이 나서 가져왔다고 하셨다.

"아기를 낳으면 못 먹지 않니?"

아기를 낳은 후에는 먹을 수가 없다는 어머니의 말씀에

점심에 먹었던 비빔냉면 생각이 났다.

옳거니, 아기 낳고 난 후에는 미역국만 먹겠구나,

냉면을 못 먹겠구나, 그 안에 먹어야겠다고 생각하고

어머니에게 물냉면을 시켜달라고 했다.

"무슨 물냉면? 소화 안 되게? 애 낳으러 와서

냉면 먹었다는 말은 들어도 못 봤다" 어머니는 웃으셨다.

배달되어 온 냉면을 먹기 시작했을 때였다. 별안간

허리가 두 동강이 나듯 끊어지게 아팠다.

시계를 보니 3시 15분. 이를 악물어도 저절로

비명이 터져 나오는데 '뚝' 소리가 나며 콸콸 양수가

쏟아져 나오는 게 아닌가.

냉면 국수가 입에 담긴 채 분만실로 옮겨졌고,

진통 시작 15분 만인 3시 30분에 나는 아이를 순산했다.

4.4킬로그램의 사내아이, 아들이었다.

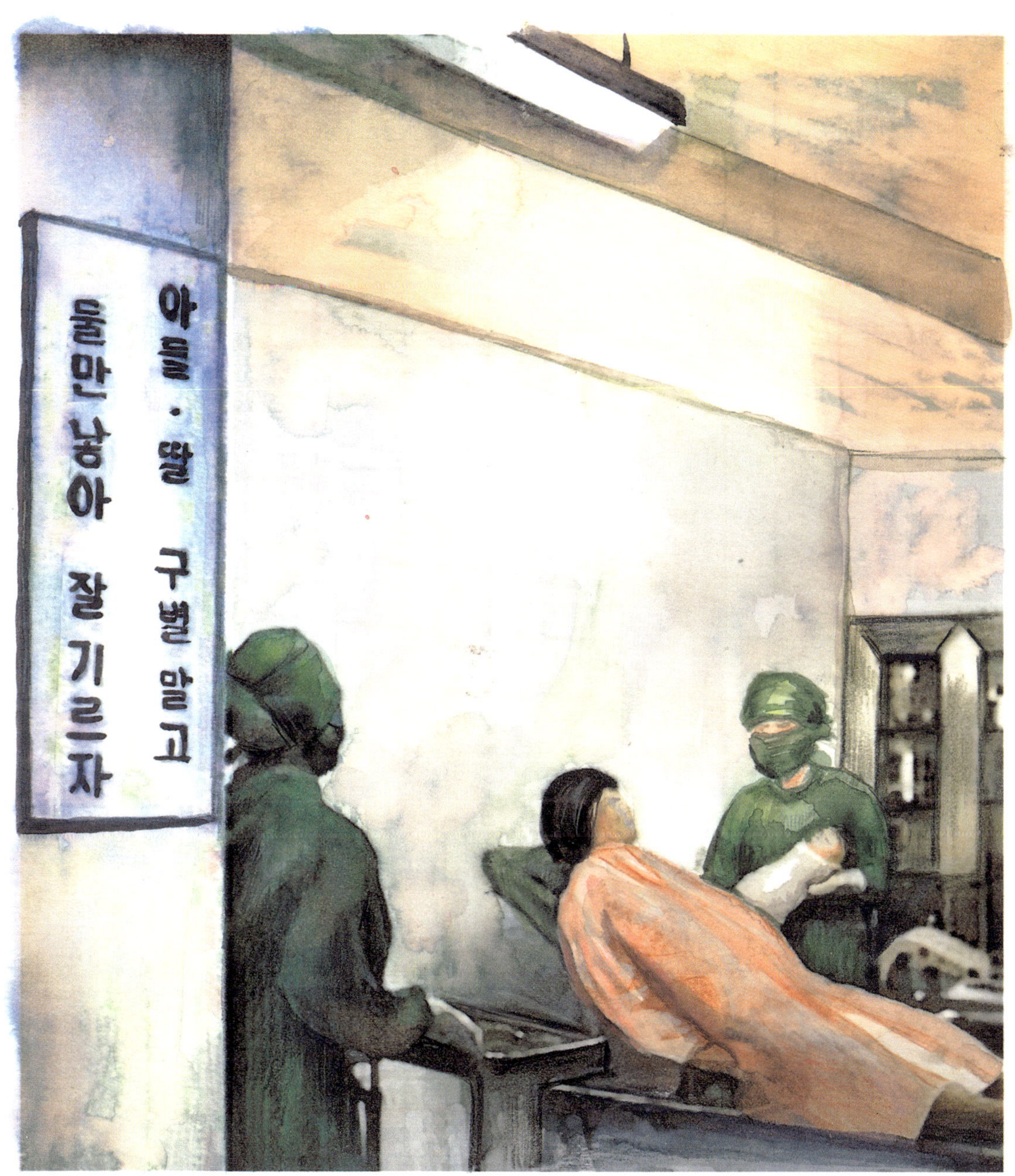

아들·딸 구별 말고
둘만 낳아 잘 기르자

소식을 듣고 달려오신 시어머님의 얼굴엔

희색이 만연했다.

혹시 딸일지도 모르니 꼭 낳아야 한다고 주장하시던

때와는 영 딴판이셨다.

“아이고, 형들 호령하게 생겼구나. 해, 묘, 미

삼합이 태어났는데, 호적 파서 남의 가문에

보낼 수 있나? 잘했구나, 잘하고말고.”

친정어머니께서는 공연히 화를 아이들에게 내셨다.

큰애가 제 동생 손을 잡고 병실로 들어서자

"이 녀석들아, 이제 느 에미 죽게 생겼다. 말썽 피우지

말고 엄마 힘들게 하지 마라" 아이들을 야단치시며

"어쩐단 말이냐", "어떡하냐"만 되풀이하셨다.

입원실에 아직 불지도 않은 채 있는 냉면을 보며

나는 고소(苦笑)를 금할 수가 없었다.

　"완전히 내가 짐승 반열에 들었잖아?

덕구가 새끼 낳을 때도 나보다는 빠르지 않았다.

그치, 엄마?"

"그러게 내 뭐라던? 서른여섯에 낳는 자식은

효자라 안 하던? 나올 때 에미 힘들게 안 한 것처럼

크면서도 에미 어렵게 안 했으면 좋겠다."

어머니는 체념하듯 말씀하셨다.

"삼신할머니는 뭐 하시는 거람. 목 빠지게

아들 기다리는 집 놔두고……."

당신이 서른여섯에 낳은 딸네 집(우리 집)이 유일하게

마음 펴히 묵어갈 수 있는 집이고, 말 없는 며느리에게

질리고 질리다가 하루 종일 이야기 상대가 되어주는 내가

천하에 효녀 같아서 '서른여섯에 낳은 자식은 효자'라고

터무니없이 주장하는 어머니 말씀을 입증이라도 하듯,

삼복염천에 힘들이지 않고 태어난 막내는 힘들이지 않고

자라서 지금 서른아홉 살, 두 아이의 아버지다.

며칠 후면 이 아이의 생일이 돌아온다. 아이 생일 때마다

써오던 말을 나는 아마 또 쓸 것이다.

"생일 축하해. 엄마가 이 세상에 살아오면서 제일

잘한 일은 아들 셋이 있는 서른여섯 살에 너를 낳은 것.

너를 주신 하나님께 감사드린단다."

딸이 없어서 좋은 점

딸.

어렸을 때는 기르는 재미.

어른이 되어서는 엄마에게 둘도 없는 친구.

막막할 때도, 답답할 때도 더불어 의논하며

같이 길을 찾는 해결사.

기쁨과 슬픔을 공유할 수 있는 영원한 동지.

딸 가진 엄마들이 한결같이 주장하는 이런 것들을

가지지 못한 사람이라면 딸이 없다는 것은

삶에서 가장 소중한 것을 잃고 사는 인생이리라.

나는 때때로 생각한다. 딸이 없는 내 노후의

적막을……. 딸이라는 소중한 친구, 전천후 해결사,

평생의 동지를 못 가졌으니

더 늙어 힘없을 때 얼마나 고적할 것인가를…….

　　당연히 나는 자구책을 찾지 않을 수 없다.

딸이라야만 될 수 있다는 평생의 친구, 동지,

해결사를 딸 이외의 것에서 찾아

나를 풍성하게 하는 방법을 시도한다.

그보다는 홀로 있어도 외롭지 않을 훈련을 한다.

　　어떤 친구가 내게 말했다.

“옆에서 보기에 너의 칠십이 참으로 넉넉해 보이는구나.”

“그래? 만일 그렇게 보인다면 어쩌면 딸이 없는
까닭에서일 거야.”

그 친구는 내 말을 이해했을까?

나는 홀로 있는 시간을 즐긴다. 내가 주로
새벽 한두 시에 잠을 자는 이유이다.

홀로 있다는 것은 물리적으로는
‘제 혼자’ 있는 것이지만 그것은 ‘혼자’ 있다는
공간적인 개념을 뛰어넘는 ‘그 무엇’이다.

그 시간에 나는 비로소 나를 본다.

나의 신(神)을 만나고, 나의 본질을 만나며,

나의 어리석음을 만나고, 나의 반성을 만난다.

딸이 없으니 홀로일 수밖에 없다는 절박감에서 시도된

'홀로 있음의 훈련'을 통해 깊고 오묘한 즐거움을 알게

되었다면, 딸이 없다는 것도 그리 나쁜 것만은 아니리라.

　딸이 없어서 내게 유익이 되는 것이 또 있다.

며느리와의 관계이다. 내게는 며느리가 셋 있는데 딸이라는

조정 역할이 없으니 나 스스로 며느리와의 언로(言路)에

공을 들여야만 한다. 자연히 며느리와의 소통이 원활하다.

며느리, 얼마나 귀하고 소중한 존재인가.

내가 배 아파 낳지도 않았고,

돈 들여 공부시키지도 않았고,

공들여 키운 남의 딸을 며느리라는 이름으로

자식을 삼은 후 거기서 금쪽같은 손자를 얻고,

그래도 무슨 일이 있으면 열 일 제치고 달려와

책임과 의무를 다하려는 며느리들.

이들이 어찌 잔정에 가슴 울리는

딸만 못할 리 있으랴. 어떤 시어머니라도 다 갖고 있는

며느리에 대한 이 귀중한 마음이

딸이 없는 내 처지로서는 더 각별할 수밖에 없다.

딸.

세상에 더없이 사랑스러운 존재.

이런저런 이유를 들어가며 궁색하게 딸이 없어서

좋은 점을 말하고 있지만, 누군가 세상에서

제일 갖고 싶은 것 한 가지를 말하라면

나는 서슴없이 '딸'이라고 말할 것이다.

지금 딸 가진 친구들이 부러워

집에 오자마자 이 글을 쓰고 있는 것이

바로 그 증거가 아니겠는가.

품위 있고 건강한 노년을 위한
어르신 이야기책(큰글자책)

* 판형: 변형 사륙판(187×224)

짧은글 ▶▶▶

박치기 사랑 어르신 이야기책_짧은글 101

• 글 양귀자, 그림 남인희/ 48쪽/ 값 10,000원/ ISBN: 978 89 7889 350 3

여성잡지 기자인 김동희 씨는 어느 해 겨울, 눈 내리는 날 운전을 하다가 내리막길에서 바퀴가 미끄러져 헌 남자의 앞차를 들이받습니다. 1년 뒤, 같은 자리에서 그 남자의 차가 김동희 씨의 차를 들이받습니다. 당돌한 김동희 씨에게 첫눈에 반한 남자의 박치기 사랑이 시작됩니다.

들국화 고갯길 어르신 이야기책_짧은글 102

• 글 권정생, 그림 김영희/ 48쪽/ 값 10,000원/ ISBN: 978 89 7889 351 0

구김살 없고 꿈이 많은 꼬마 소와 넉넉한 마음의 할미 소는 오늘도 등에 하나 가득 짐을 지고 고갯길을 오릅니다. 때로는 힘들고, 주인의 채찍질이 서럽도록 눈물겹지만, 고갯마루에서 반겨주는 들국화의 환한 모습에 고달픈 노동의 무게를 잠시나마 잊을 수 있어 행복합니다.

가난한 날의 행복 어르신 이야기책_짧은글 103

• 글 김소운, 그림 남인희/ 40쪽/ 값 10,000원/ ISBN: 978 89 7889 352 7

가난 속에서 피어난 '따뜻한 부부애'라는 주제를 다룬 3편의 에피소드로 구성된, 김소운 선생의 대표적인 수필입니다. 가난한 시절을 함께 한 부부간의 소박한 사랑의 기억이 일생 동안 삶을 살아가는 데 얼마나 큰 힘이 되어주는지를 잔잔하게 일깨워줍니다.

'메아리'와의 만남 어르신 이야기책_짧은글 104

• 글 양귀자, 그림 김영희/ 56쪽/ 값 10,000원/ ISBN: 978 89 7889 353 4

세상의 모든 생명에 대한 경건함이 돋보이는 작품입니다. 주인공인 '나'는 몇 차례 애완동물들과의 이별에서 슬픔을 겪으면서 다시는 애완동물을 키우지 않으리라 다짐합니다. 하지만 어느 봄날, 딸아이가 학교 앞에서 사온 병아리의 등장으로 다시 사랑 쌓기가 시작됩니다.

긴데요,의 김대호 씨 어르신 이야기책_짧은글 105

• 글 양귀자, 그림 낙송재/ 48쪽/ 값 10,000원/ ISBN: 978 89 7889 354 1

키 186센티미터의 김대호 씨는 큰 키만큼이나 느립니다. 말도, 행동도 그렇지요. 장가가려면 말투를 고치라고 충고하지만 쉽지 않습니다. 그러나 그는 품이 넓고, 맡은 일에 빈틈이 없습니다. 그래서 모두 그를 좋아하고, 이 바쁜 세상에 여유 있게 살아가는 그가 있음으로 행복해합니다.

삼남삼녀 어르신 이야기책_짧은글 106

• 글 김태길, 그림 남인희/ 48쪽/ 값 10,000원/ ISBN: 978 89 7889 355 8

아들을 손꼽아 기다렸지만 결국 딸아이 셋을 보았다는 작가 자신의 이야기입니다. 작가는 남아를 선호하는 주변 사람들의 모습에 대해 해학적으로 묘사하면서, 작가 자신도 아들을 은근히 기대하였으나 아내가 순산만 했으면 다행이라며 위안합니다.

우리 동네 예술가 두 사람 어르신 이야기책_짧은글 107

• 글 양귀자, 그림 남인희/ 56쪽/ 값 10,000원/ ISBN: 978 89 7889 356 5

작가인 나는 예술가들이 모여 산다는 북한산 자락에 살고 있지요. 그 많은 예술가들 가운데 유난히 두 예술가를 사랑하는데, 그들에 관한 이야기입니다. 바로 동네 한가운데에서 매일같이 성실하고 끈질기게 자신의 진지한 '예술'에 몰두해 있는 '김밥 아줌마'와 '트럭 채소 장수'입니다.

아슬아슬했던 시절, 목단꽃 이불 밑에 숨은 사연 어르신 이야기책_**짧은글** 108

• 글 양귀자, 그림 남인희/ 48쪽/ 값 10,000원/ ISBN: 978 89 7889 357 2

작가는 붉은 목단꽃 이불의 홑청이 유난히도 자주, 장대로 곧추 세워놓은 빨랫줄에 널려 깃발처럼 펄럭였던 어린 시절 기억을 떠올립니다. 그리고 어머니와 아버지의 결혼, 아버지의 방황과 죽음, 가장의 무게를 짊어진 큰아들을 향한 애틋한 어머니의 모정을 담담하게 풀어냅니다.

술은 인정이라 어르신 이야기책_**짧은글** 109

• 글 조지훈, 그림 낙송재/ 48쪽/ 값 10,000원/ ISBN: 978 89 7889 358 9

'술을 마시는 것을 좋아하는 것이 아니라 술 마신 흥취를 좋아한다'던 시인 조지훈. 당대의 주선(酒仙)으로 통하고 주도(酒道)의 18단계를 밝힌 그가 젊은 날에 겪었던 반백의 낯선 노인과의 해장술, 1·4후퇴 때 대구역 플랫폼에서 얻어 마신 한잔 술에 관한 이야기입니다.

일연이 어르신 이야기책_**짧은글** 110

• 글 이양하, 그림 낙송재/ 48쪽/ 값 10,000원/ ISBN: 978 89 7889 359 6

영문학자인 저자가 10년에 걸쳐 신문이나 잡지에 기고하였던 글 가운데, 「일연이」와 「다시 일연이」를 함께 엮었습니다. 동대문 밖에 사는 친구 딸 일연이를 만나는 기쁨과 다시 만난 이후 한층 성장한 아이에 대한 경외감을 표현하고 있습니다.

이런 제자, 저런 일 어르신 이야기책_**짧은글** 111

• 글 권오길, 그림 김영희/ 48쪽/ 값 10,000원/ ISBN: 978 89 7889 360 2

저지기 고등학교 선생으로 재직하면서 겪은 에피소드입니다. 별명 '임질이'로 기억할 뿐, 이름이 가물가물한 경기고등학교 제자, 실험 때 선혈을 보면서 기절한 제자가 있는가 하면, 가정방문 당시의 풍경과 고교 시절 방황하던 최 군을 만나 회포를 푸는 모습 등 사제의 정이 넘쳐흐릅니다.

시골뜨기 서울뜨기　어르신 이야기책_중간글 201

• 글 박완서, 그림 김영희/ 56쪽/ 값 10,000원/ ISBN: 978 89 7889 361 9

시골 친척의 맏아들 결혼식 초대에 사모관대, 족두리를 쓴 정겨운 혼례식을 볼 생각으로 기분이 좋습니다. 하지만 읍내 차부 앞 예식장에서 결혼식을 치르고, 쌀 다섯 가마에 돼지 두 마리를 잡았다는 잔칫집에서 시골의 순박한 정취와 풍경을 기대했던 나는 당황스럽기만 합니다.

임꺽정　어르신 이야기책_중간글 202

• 글 조해일, 그림 낙송재/ 64쪽/ 값 10,000원/ ISBN: 978 89 7889 362 6

우리에게 널리 알려진 의적 임꺽정은 어지러운 세상을 구하기 위해 그 지혜를 얻으러 선비 '허순'을 찾습니다. 하지만 그 집을 찾아온 세 선비와 자리를 함께한 임꺽정은 선비들과 대화를 나누다가 난마 같은 세월에 한숨이나 쉬고 있는 그들에게서 희망이 없음을 처절하게 느낍니다.

산골 아이　어르신 이야기책_중간글 203

• 글 황순원, 그림 낙송재/ 64쪽/ 값 10,000원/ ISBN: 978 89 7889 363 3

산골 아이의 하루 일상이 옛이야기와 어우러져 어릴 적 추억이 떠오르는 이야기입니다. 할머니가 들려주는 여우고개에 얽힌 옛날이야기와, 밤늦도록 돌아오지 않는 아버지를 기다리던 아이는 호랑이가 산다는 산막골에 얽힌 이야기를 떠올리면서 걱정이 이만저만이 아닙니다.

필묵장수　어르신 이야기책_중간글 204

• 글 황순원, 그림 낙송재/ 68쪽/ 값 10,000원/ ISBN: 978 89 7889 364 0

재능은 없지만 글과 그림을 좋아하는 순수한 서노인은 필묵을 파는 봇짐장수입니다. 어느 날, 궂은비를 피하러 들어간 집에서 중로의 여인은 구멍 난 그의 양말을 보고 밤새 버선 한 켤레를 지어 줍니다. 가난하고 외로운 떠돌이 서노인은 칠십 평생에 처음으로 따뜻한 정을 느낍니다.

아네모네의 마담 어르신 이야기책_중간글 205

• 글 주요섭, 그림 남인희/ 64쪽/ 값 10,000원/ ISBN: 978 89 7889 365 7

아네모네 다방의 마담 영숙은 창백한 낯빛에 눈빛이 애수에 가득 찬 전문학교에 다니는 학생에게 마음이 끌립니다. 그이는 언제나 같은 자리에 앉아 슈베르트의 「미완성 교향악」을 청합니다. 영숙은 그이도 자신에게 마음이 있을 거라고 생각했는데, 그게 아니었나 봅니다.

꼴찌에게 보내는 갈채 어르신 이야기책_중간글 206

• 글 박완서, 그림 김영희/ 48쪽/ 값 10,000원/ ISBN: 978 89 7889 366 4

'나'는 시내에 볼일이 있어 외출했다가 마라톤 경기를 구경합니다. 하지만 눈앞에 나타난 선수들은 꼴찌에 가까운 후속 주자들입니다. 고통으로 일그러진 얼굴들, 마지막까지 최선을 다해 뛰고 있는 그들도 충분히 박수를 받을 만하다는 생각에 손이 부르트도록 박수를 보냅니다.

행복의 장 어르신 이야기책_중간글 207

• 글 김소운, 그림 김영희/ 64쪽/ 값 10,000원/ ISBN: 978 89 7889 367 1

버스 요금이 8원 하던 때, 버스에서 자리를 양보해준 어느 고학생에게 건네준 500원으로 느낀 작은 행복, 백모님의 부음으로 떠올린 50년도 더 지난 어린 시절의 기억 등, 작가는 자신이 겪은 이야기를 풀어내며, 인생에서 행복 이상의 그 무엇은 모두를 향한 '보람'이라고 고백합니다.

어머니의 베틀노래 어르신 이야기책_중간글 208

• 글 권오길, 그림 김영희/ 64쪽/ 값 10,000 원/ ISBN: 978 89 7889 368 8

두 살 때 헤어진 아버지의 얼굴을 나는 모릅니다. 그러기에 어머니의 사랑을 듬뿍 받고 자랐을 겁니다. 목화밭에서 목화송이를 따서 솜을 타고 물레질을 한 뒤, 베틀에 올라 베를 짜던 젊은 시절의 어머니. 인고의 세월을 살다 가신 어머니를 기린 사모곡입니다.

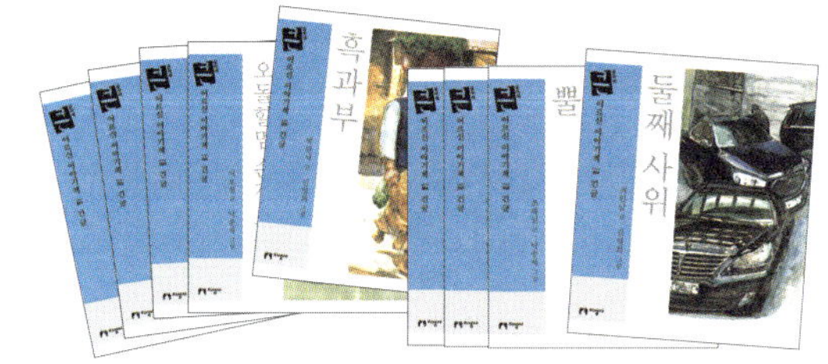

목넘이마을의 개 어르신 이야기책_긴글 301

• 글 황순원, 그림 김영희/ 112쪽/ 값 13,000원/ ISBN: 978 89 7889 369 5

어느 날, 목넘이마을에 찾아든 신둥이(흰둥이) 개. 굶주림에 지친 신둥이는 동네 방앗간 바닥에 떨어진 겨와 동네 개들의 구유를 핥으며 간신히 몸을 추스르지만, 마을 사람들은 미친개라며 몰아냅니다. 험난한 환경 속에서도 끈질기게 생존을 유지하는 신둥이 개의 이야기입니다.

별 어르신 이야기책_긴글 302

• 글 황순원, 그림 낙송재/ 72쪽/ 값 13,000원/ ISBN: 978 89 7889 370 1

소년은 어머니의 얼굴을 모릅니다. 우연찮게, 죽은 어머니와 누이가 닮았다는 이웃 할머니의 말에 소년은 화가 납니다. 못생긴 누이가 어머니를 닮다니요? 원치 않은 남자에게 시집간 누이가 죽었어도 소년은 누이를 어머니와 같은 하늘의 별로 받아들일 수가 없습니다.

이야기감 어르신 이야기책_긴글 303

• 글 유재용, 그림 낙송재/ 120쪽/ 값 13,000원/ ISBN: 978 89 7889 371 8

조선 말기, 청나라 군사들의 겁탈을 피해 새댁 박씨는 친정으로 가던 길에 산적들에게 능욕을 당하고, 결국 떠돌이 고리장이에게 몸을 의탁합니다. 세월이 흘러, 이 진사댁은 삼대독자 외아들이 후사를 볼 수 없자 잘생긴 떠꺼머리 고리장이에게 씨를 얻습니다. 격동의 역사 속에서 살아가는 사람들의 이야기가 4대에 걸쳐 펼쳐집니다.

오돌할멈 손자 오돌이 어르신 이야기책_긴글 304

• 글 이호철, 그림 낙송재/ 88쪽/ 값 13,000원/ ISBN: 978 89 7889 372 5

한국전쟁 당시 치열하게 전투가 벌어졌던 월비산 315고지, 그 부대에 '고문관'으로 통하는 '김오돌' 일등병이 있습니다. 학교 교육이라곤 전혀 받은 적 없고, 강원도 정선의 어느 산골에서 숯 굽는 화부 조수 노릇하다가 주인 아들 대신 징집되어온 김오돌에게 무슨 일들이 벌어질까요?

흑과부 어르신 이야기책_긴글 305

• 글 박완서, 그림 김영희/ 72쪽/ 값 13,000원/ ISBN: 978 89 7889 373 2

광주리 채소장수에 날품팔이로 억척같이 사는 '흑과부'라 불리는 여인을 둘러싸고 벌어지는 이야기입니다. 전업주부인 '나'는 마치 대단한 자선을 베푸는 양 사람 취급도 제대로 하지 않았던 흑과부가 가난에 맞서 얼마나 공포스럽게 살아왔는가를 비로소 깨닫습니다.

아내를 빌려 줍니다 어르신 이야기책_긴글 306

• 글 김주영, 그림 남인희/ 112쪽/ 값 13,000원/ ISBN: 978 89 7889 374 9

왜소하기 짝이 없는 세탁소 청년 조덕배는 흑인 병사의 아들로 입양되어 미국으로 건너간 뒤 주근깨투성이 미국 아가씨와 결혼하여 한국으로 돌아옵니다. 영어학원의 인기 강사로 이름을 날리던 어느 날, 미국인 아내를 사장의 파티용 파트너로 빌려달라는 조건으로 무역회사의 관리 상무로 올라선 그는 마음 한켠이 늘 불안합니다.

유황불 어르신 이야기책_긴글 307

• 글 양귀자, 그림 남인희/ 104쪽/ 값 13,000원/ ISBN: 978 89 7889 375 6

기차가 하루에도 수십 차례씩 지축을 뒤흔들며 지나가는 철길 옆 동네. 내가 국민학교 2학년 때 만난 찐빵집 딸 은자는 「검은 상처의 블루스」를 기가 막히게 잘 부르며, 가수가 꿈입니다. 그해 여름부터 가을까지, 철길 옆 동네에서 벌어진 온갖 일들이 옛 추억을 떠올리게 합니다.

뿔 어르신 이야기책_긴글 308

• 글 조해일, 그림 낙송재/ 96쪽/ 값 13,000원/ ISBN: 978 89 7889 376 3

가순호는 이삿짐을 부리려고 역 앞에 모인 지게들 중에서 자연목으로 만든 지게를 선택합니다. 그 임자는 뒤로 걷는 특이한 지게꾼이지요. 지게에 짐을 부리고 왕십리에서 새로 이사하는 흑석동까지 오로지 뒤로 걷는 지게꾼은 도시의 잿빛 풍경에, 햇살처럼 빛나는 생명력이 넘칩니다.

둘째 사위 어르신 이야기책_긴글 309

• 글 최일남, 그림 김영희/ 104쪽/ 값 13,000원/ ISBN: 978 89 7889 377 0

땡전 한푼 없는 빈털터리에 두메 출신, 게다가 학력이라곤 야간대학을 2년 다니다가 집어치운 서적 도매상의 사원인 나는 '출세한 촌놈'입니다. 왕년의 거물 정객인 데다가, 재벌을 대·중·소로 나눌 때 소재벌급에 속하는 장인의 둘째 사위로 사는 것이 어떤지, 한번 들여다볼까요?

'어르신 이야기_그림책'은 그림과 어우러진 한 줄 글만 있는,
어르신이 직접 꾸미는 어르신만의 '이야기책'입니다.

슬픈 이별 어르신 이야기책_그림책 001
- 그림 : 남인희/ 40쪽/ 값 10,000원
  ISBN: 978 89 7889 378 7

춘향전 어르신 이야기책_그림책 002
- 그림 : 남인희/ 40쪽/ 값 10,000원
  ISBN: 978 89 7889 379 4

소박한 행복 어르신 이야기책_그림책 003
- 그림 : 남인희/ 40쪽/ 값 10,000원
  ISBN: 978 89 7889 380 0

할미 소와 꼬마 소 어르신 이야기책_그림책 004
- 그림 : 김영희/ 40쪽/ 값 10,000원
  ISBN: 978 89 7889 381 7

시골 잔칫날 어르신 이야기책_그림책 005
- 그림 : 김영희/ 40쪽/ 값 10,000원
  ISBN: 978 89 7889 382 4

철길 옆 동네의 추억 어르신 이야기책_그림책 006
- 그림 : 남인희/ 48쪽/ 값 10,000원
  ISBN: 978 89 7889 383 1

떠돌이 개 어르신 이야기책_그림책 007
- 그림 : 김영희/ 48쪽/ 값 10,000원
  ISBN: 978 89 7889 384 8

우리 누이 어르신 이야기책_그림책 008
- 그림 : 낙송재/ 40쪽/ 값 10,000원
  ISBN: 978 89 7889 385 5

베 짜는 어머니 어르신 이야기책_그림책 009
- 그림 : 김영희/ 48쪽/ 값 10,000원
  ISBN: 978 89 7889 386 2

어느 노인의 인생 어르신 이야기책_그림책 010
- 그림 : 낙송재/ 64쪽/ 값 10,000원
  ISBN: 978 89 7889 387 9

산골 소년 어르신 이야기책_그림책 011
- 그림 : 낙송재/ 52쪽/ 값 10,000원
  ISBN: 978 89 7889 388 6

인연 어르신 이야기책_그림책 012
- 그림 : 낙송재/ 64쪽/ 값 10,000원
  ISBN: 978 89 7889 389 3